Pinóquio

Stefania Leonardi Hartley
Ilustrado por Giorgia Farnesi

Era uma vez um **pedaço de madeira.** Não era uma madeira boa, dessas que se utiliza para fazer brinquedos ou móveis da sala de estar. Era uma madeira barata, boa para queimar na lareira. O velho **Gepeto,** que trabalhava como carpinteiro, era muito pobre e não tinha madeira melhor do que aquela para fazer a **marionete** que tanto desejava. Então, em vez de utilizar aquele tronco para fazer fogo, começou a esculpi-lo.

Com uma plaina, um cinzel e muita paciência, do tronco saiu aos poucos uma **cabecinha** redonda, alguns cabelos ondulados, um **narizinho** pontudo e uma boca encantadora. Com o melhor de seus pincéis, Gepeto pintou dois grandes **olhos** curiosos e um par de sobrancelhas que pareciam um pouco surpresas.

Quando terminou, Gepeto pousou sua **marionete** em uma prateleira e disse, admirado:

– Fiz um trabalho muito bom. Vou chamá-lo de **Pinóquio**.

E, como não tinha filhos, mas gostaria muito de ter algum, Gepeto suspirou:

– Ah, não seria legal se ele fosse um menino de verdade?

Gepeto era um homem tão bom quanto o ouro e a **Fada Azul** decidiu que ele merecia ter seu **desejo** realizado. No meio da noite, enquanto ele dormia profundamente, a fada apareceu em sua casa e, com sua prodigiosa varinha de condão, deu **vida** a Pinóquio. Em seguida, revelou ao boneco:

– Se você for **obediente, generoso** e **corajoso,** se tornará um menino de verdade.

– Sim, fada, serei muito bom – prometeu Pinóquio.

NO DIA SEGUINTE, GEPETO QUASE DESMAIOU AO VER PINÓQUIO **PULANDO** PELA CASA.

– PAI, QUERO IR PARA A **ESCOLA** – DISSE A MARIONETE, COM UMA VOZ ALTA E PRATEADA QUE SOAVA COMO SININHOS.

GEPETO O **ABRAÇOU** COM LÁGRIMAS NOS OLHOS E RESPONDEU:

– CLARO, MEU MENINO.

COMO ELE NÃO TINHA UM TOSTÃO NO BOLSO, APRESSOU-SE A VENDER O SEU ÚNICO CASACO PARA LHE COMPRAR OS **LIVROS ESCOLARES.**

NO OUTRO DIA, A CAMINHO DA ESCOLA, PINÓQUIO SE DEPAROU COM UM ESPETÁCULO ITINERANTE DE MARIONETES E RESOLVEU PARAR PARA DAR UMA OLHADA.

– PINÓQUIO, VÁ PARA A ESCOLA! – FALOU SUA CONSCIÊNCIA.

MAS PINÓQUIO NÃO QUIS OUVIR. ELE VENDEU SEUS LIVROS ESCOLARES E COMPROU UM INGRESSO PARA O **SHOW DE MARIONETES.**

Assim que as marionetes viram Pinóquio, o reconheceram como uma delas e fizeram tanto barulho que, antes que percebesse, Pinóquio já estava **no palco.** Ele fez tanto sucesso com o público que o marionetista, um homem robusto chamado **Come-fogo,** que tinha uma **barba** comprida e **preta** como **tinta,** decidiu mantê-lo no show. Assim, terminado o espetáculo, Come-fogo pegou Pinóquio pelo casaco e o jogou em seu **carrinho,** junto com as outras marionetes.

– Quero ir para a casa do meu pai, que vendeu o casaco dele para me comprar os livros escolares e agora está tremendo de frio! – exclamou Pinóquio, sentindo-se **muito triste.**

Embora Come-fogo parecesse muito assustador, no fundo ele tinha um bom coração. Pinóquio chorou e implorou tanto que o homem foi movido à compaixão, deu a ele cinco **moedas de ouro** e disse-lhe:

– Leve isso para o seu pai e não lhe desobedeça nunca mais.

Com lágrimas e promessas, Pinóquio agradeceu a Come-fogo e partiu correndo para casa. Infelizmente, dois **ladrões** conhecidos cruzaram o caminho dele: um gato, que se fazia de cego, e uma raposa, que se fazia de manca. Os dois viram as moedas de Pinóquio e o chamaram:

– Olá, meu jovem. Escuta só:
você gostaria de duplicar o seu dinheiro?

– Claro que sim! Como isso é possível? – perguntou Pinóquio.

– É O SEGUINTE: ENTERRE SUAS MOEDAS NO **CAMPO DOS MILAGRES** E AMANHÃ VOCÊ ENCONTRARÁ UMA ÁRVORE GRAAAAANDE COMO ESTA, CHEIA DE MOEDAS – AFIRMARAM OS DOIS LADRÕES.

– PINÓQUIO, VOLTE PARA CASA! – DISSE SUA CONSCIÊNCIA.

ENTRETANTO, ELE NÃO OUVIU E CAIU NA ARMADILHA, PARTINDO COM O GATO E A RAPOSA.

DE REPENTE, OS DOIS AGARRARAM PINÓQUIO E LEVARAM SUAS MOEDAS DE OURO.

POR FIM, AMARRARAM-NO A UM GALHO E O DEIXARAM LÁ PENDURADO.

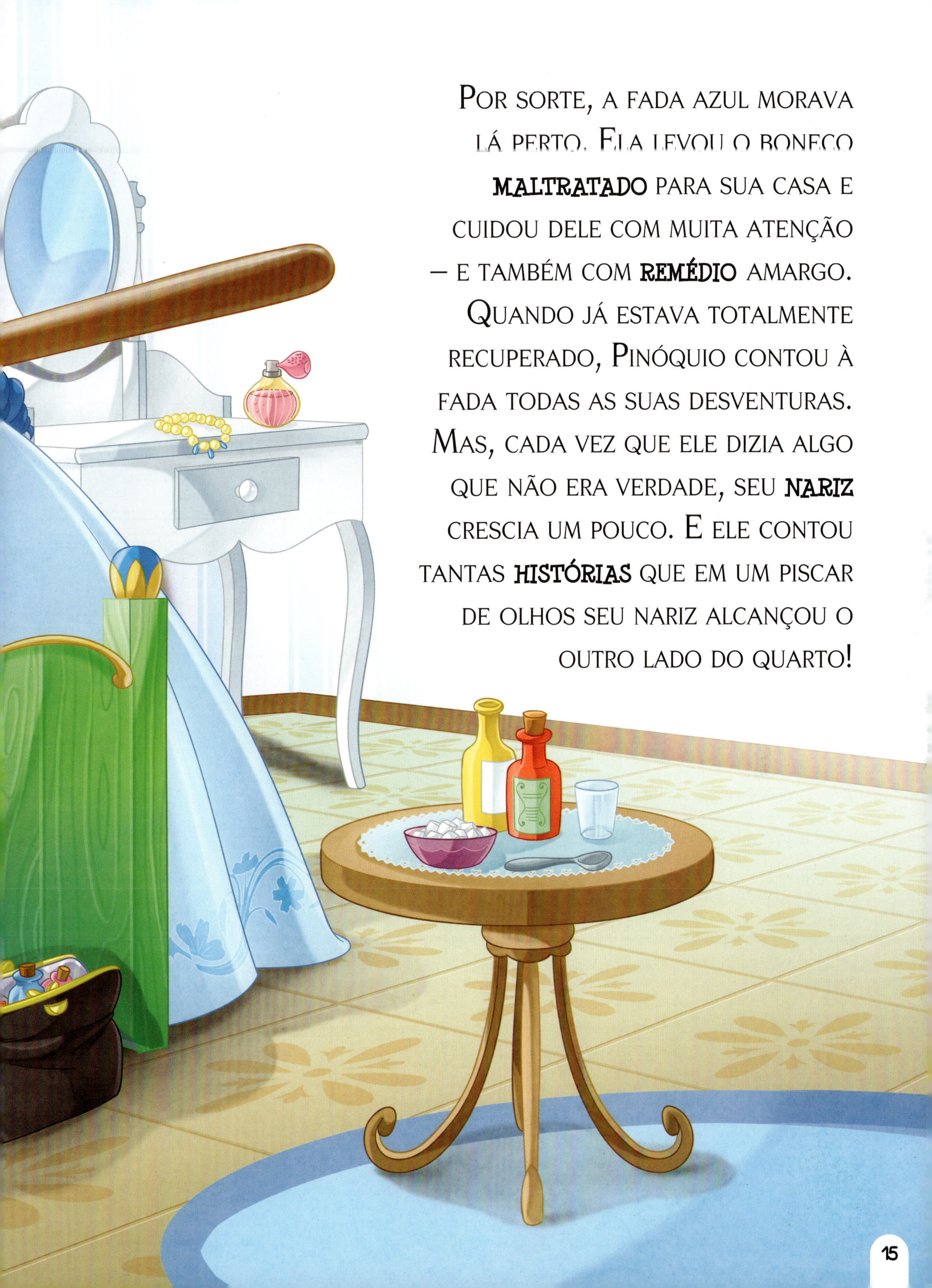

POR SORTE, A FADA AZUL MORAVA LÁ PERTO. ELA LEVOU O BONECO **MALTRATADO** PARA SUA CASA E CUIDOU DELE COM MUITA ATENÇÃO – E TAMBÉM COM **REMÉDIO** AMARGO. QUANDO JÁ ESTAVA TOTALMENTE RECUPERADO, PINÓQUIO CONTOU À FADA TODAS AS SUAS DESVENTURAS. MAS, CADA VEZ QUE ELE DIZIA ALGO QUE NÃO ERA VERDADE, SEU **NARIZ** CRESCIA UM POUCO. E ELE CONTOU TANTAS **HISTÓRIAS** QUE EM UM PISCAR DE OLHOS SEU NARIZ ALCANÇOU O OUTRO LADO DO QUARTO!

– A MENTIRA TEM PERNAS CURTAS E NARIZ COMPRIDO – DISSE A FADA AZUL.

DEPOIS QUE PINÓQUIO INQUIETOU-SE E CHOROU UM POUCO, A FADA AZUL O PERDOOU. ENTÃO, BATENDO PALMAS, A FADA CHAMOU ALGUNS PICA-PAUS QUE BICARAM O NARIZ DE PINÓQUIO ATÉ QUE ELE VOLTASSE A SER COMO ANTES.

– AGORA, PINÓQUIO, VÁ PARA **CASA**, E NÃO DESOBEDEÇA MAIS AO SEU PAI – RECOMENDOU A FADA.

– SIM, MINHA QUERIDA FADA! – RESPONDEU O BONECO, CONVENCIDO.

PORÉM, PINÓQUIO NÃO TINHA DADO MAIS DO QUE ALGUNS PASSOS QUANDO CONHECEU PAVIO.

– Vou para a **terra dos brinquedos,** onde não tem escola nem dever de casa. As crianças brincam o dia todo e cada um faz o que bem quiser. Você gostaria de vir também? – perguntou Pavio.

– Pinóquio, volte para casa! – disse sua consciência.Contudo, o boneco respondeu:

– Isso sim é que é vida! Claro que eu vou!

A Terra dos Brinquedos era realmente **muito divertida.** Pinóquio e Pavio estavam se divertindo muito, mas havia um "pequeno problema": pouco a pouco, eles foram se transformando em **burros.**

Um dia, Pinóquio foi vendido a um fabricante de tambores que queria sua pele para fazer um tambor.

Para escapar de seu novo mestre, **Pinóquio** pulou de um penhasco bem alto em direção ao mar. Assim que tocou na água, a magia passou e ele voltou a ser uma marionete.

Pinóquio nadou e nadou, até chegar ao meio do oceano e ser engolido por uma enorme **baleia.**

– Nunca mais verei meu pai!

Por um feliz acaso, aquela mesma baleia havia **engolido** o barco em que Gepeto estava enquanto procurava desesperadamente nos mares por seu filho.

Assim que Pinóquio reconheceu seu pai dentro da barriga da baleia, gritou, radiante:

– **Papai! Como senti sua falta!**

– Pinóquio, meu filho! Finalmente vejo você de novo! – exclamou o pai.

Pinóquio e Gepeto utilizaram as últimas velas que havia para acender uma grande fogueira na garganta da baleia, esperando que ela **espirrasse.**

A FERA NÃO RESISTIU E, COM UM FORTE ESPIRRO, EXPULSOU PAI E FILHO COMO SE FOSSEM BALAS DE CANHÃO. DA BALEIA, UM JOVEM E SIMPÁTICO **ATUM** DEU-LHES CARONA ATÉ A PRAIA.

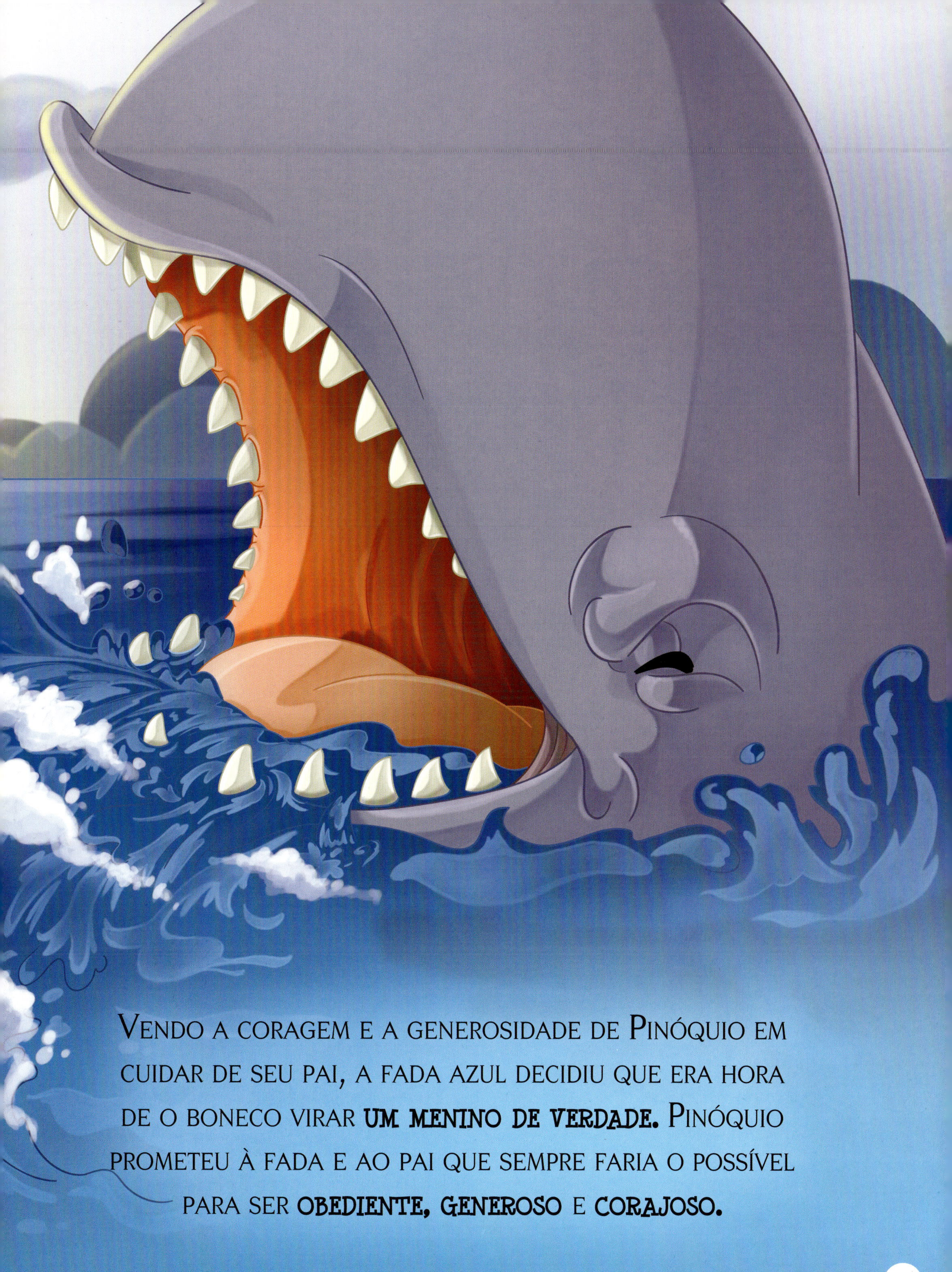

Vendo a coragem e a generosidade de Pinóquio em cuidar de seu pai, a Fada Azul decidiu que era hora de o boneco virar **um menino de verdade.** Pinóquio prometeu à fada e ao pai que sempre faria o possível para ser **obediente, generoso** e **corajoso.**

– SEU CORAÇÃO GENEROSO MERECE UMA RECOMPENSA.

DIANTE DOS OLHOS DE GEPETO, ELA AGITOU SUA VARINHA MARAVILHOSA E... O BONECO DE MADEIRA FINALMENTE SE TRANSFORMOU EM UM **MENINO DE VERDADE!**

FIM

Rodovia Jorge Lacerda, 5086 - Poço Grande
Gaspar - SC | CEP 89115-100

Texto:
Stefania Leonardi Hartley

Ilustração:
Giorgia Farnesi

Tradução:
Ana Cristina de Mattos Ribeiro

Revisão:
Tamara B. G. Altenburg

IMPRESSO NA CHINA
www.happybooks.com.br

Dados Internacionais de Catalogação na Publicação (CIP)
(Câmara Brasileira do Livro, SP, Brasil)

Hartley, Stefania Leonardi
Pinóquio; Texto: Stefania Leonardi Hartley; Ilustração: Giorgia Farnesi [Tradução: Ana Cristina de Mattos Ribeiro].
Gaspar, SC: Happy Books, 2024.
(Coleção Era Uma Vez)

Título original: Once upon a time - Pinocchio
ISBN 978-65-5507-448-2

1. Literatura infantojuvenil I. Moon Srl.
II. Gentili, Maria Rita. III. Série.

23-168451 CDD-028.5

Índices para catálogo sistemático:

1. Literatura infantil 028.5
2. Literatura infantojuvenil 028.5

Cibele Maria Dias - Bibliotecária - CRB-8/9427